BACH A MAWR

Luned Aaron

I Indeg

Argraffiad cyntaf: 2023

Dylunio: Eleri Owen

Cyhoeddwyd gyda chymorth Cyngor Llyfrau Cymru

Rhif llyfr rhyngwladol: 978-1-84527-920-2

www.carreg-gwalch.com

Mawr

Bach

Tal

Byr

Trwm

Ysgafn

Streipiog

Smotiog

Ffyrnig

Addfwyn

Uchel

Isel

Bywiog

Blinedig

Llachar

Gwelw

Pigog

Meddal

Swnllyd

Tawel

Araf

Cyflym

Mae pob
anifail
yn unigryw
... fel TI!

Bach a Mawr Small and Big

mawr
big

bach
small

tal
tall

byr
short

trwm
heavy

ysgafn
light

streipiog
stripy

smotiog
spotty

ffyrnig
fierce

addfwyn
gentle

uchel
high

isel
low

bywiog
lively

blinedig
sleepy

llachar
bright

gwelw
pale

pigog
prickly

meddal
soft

swnllyd
noisy

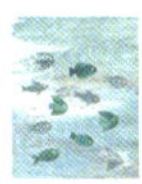

tawel
quiet

araf
slow

cyflym
fast